L'ANGE GARDIEN,

OU

SOEUR MARIE,

COMÉDIE EN DEUX ACTES, MÊLÉE DE CHANTS;

Par M. Casimir;

REPRÉSENTÉE, POUR LA PREMIÈRE FOIS,
SUR LE THÉATRE DES VARIÉTÉS,
LE 5 JANVIER 1831.

PRIX : **2** FR.

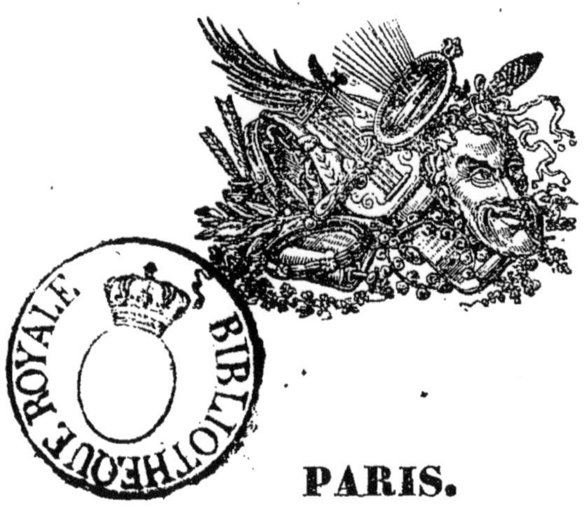

PARIS.

R. RIGA, LIBRAIRE,
FAUBOURG POISSONNIÈRE, N° I.

J.-N. BARBA, PALAIS-ROYAL.

M DCCC XXXI.

PERSONNAGES.	ACTEURS.
ADOLPHE DE LUCY, lieutenant de cavalerie.	M. Hippolyte.
LE BARON DE LOQUEREL, banquier aspirant, à la main de Mme de Sérignan.	M. Bosquier.
MADAME LA VICOMTESSE DE SÉRIGNAN.	Mlle Jolivet.
MARIE, sœur de charité.	
AMÉDÉE DE SAINT-ALME, ami d'Alphonse.	Mlle Thuillier.
Mme DE NANTEUIL, jeune veuve.	
Mme GÉRARD, femme du concierge.	Mlle Flore.
TOM, groom au service d'Alphonse.	Le Petit Bégat.
Un Huissier.	M. Charles.
Recors.	

La scène se passe à Paris.

La musique nouvelle est de M. Gasse, élève de Berton.

IMPRIMERIE DE DAVID, boulevard poissonnière, n. 6.

L'ANGE GARDIEN.

ACTE PREMIER.

(Le théâtre représente un petit salon modestement meublé, une cheminée à droite ; porte de fond et deux portes latérales.)

SCÈNE PREMIÈRE.

MADAME GÉRARD, *seule, sortant de la chambre à droite.*

Votre sœur !.. votre petite sœur ! je ne peux pas la serrer dans ma poche ! pour tout dire, c'est vrai qu'elle est gentille, cette petite sœur de la Charité... mais elle est sortie, ee n'est pas ma faute. Ah ! si madame de Sérignan, à qui appartient ce magnifique hôtel, dont mon mari est le concierge, ne portait pas quelqu'intérêt à M. Adolphe de Lucy, à qui elle loue ce petit entresol, certainement pour quinze francs par mois, je n'aurais pas consenti à faire son ménage... un ménage de garçon et un garçon qui est un diable ! depuis qu'il est malade surtout... aussi quand cette petite sœur de la Charité a voulu absolument être sa garde, je n'ai pas été à l'inverse de ses volontés, je n'ai pas envie de veiller, il m'est impossible de passer les nuits ; j'ai des devoirs à remplir, je suis épouse, et M. Gérard ne souffre pas que je m'absente. d'ailleurs, suffit que M. Adolphe soit militaire, pour que je soie circonspecte dans mes soins... j'ai eu trop de malheur avec l'uniforme ! La grande armée me doit trois grénadiers.

AIR *des Voitures versées.*

Trois hommes de choix,
Qui m'aimaient d'une ardeur extrême .
Conscrits à la fois ,
Les deux premiers, oui, je le crois ,
Partirent en dix-huit cent trois !
S' trouvant seul le troisième ,
Devint entreprenant,
Et m' répétait : je t'aime
Presqu'à chaque moment.
Qu'il était galant !
Qu'il était pressant !
Il avait l'aveu de mon père .
Je l'adorais... la noce allait se faire.
Mais , ô cruel destin !
Un décret inhumain,
M'enleva mon blondin
La veille, hélas ! de notre hymen !
J'aurais eu, je crois, moins d' chagrin,
Si ç'eût été le lendemain !

Voyons, toujours la tisane. (*Allant à la cheminée.*) Bon ! le coquemar est rempli... rien ne manque. Vrai, ces sœurs de la Charité, c'est bien utile tout de même... il n'y a que ça pour soigner les malades ; ça fait honneur à l'humanité et à la religion. Ah ! voilà ma sœur Marie !

SCÈNE II.

MADAME GÉRARD, SOEUR MARIE, *avec le costume exact des sœurs de la Charité.*

MADAME GÉRARD.

Vous faites bien d'arriver !

SOEUR MARIE, *vivement.*

Est-ce que M. Adolphe m'a demandée ?

MADAME GÉRARD.

Il ne demande jamais autre chose !.. Sa sœur Marie ! c'est sa vie ; c'est vrai que vous l'avez tiré d'un fier mauvais pas... Dieu de Dieu ! quand je pense à l'état où l'avait mis ce coup d'épée... ça fait trembler.

SOEUR MARIE.

AIR : *Vaudeville de l'Homme vert.*

Il avait perdu connaissance,
Il languissait... pâle, engourdi...
Mais heureusement ma présence,
Chassa ce sommeil ennemi !

MADAME GÉRARD.

Ma petit' sœur, à vous la pomme !
Avec cett' voix, ce doux abord,
Pour n' pas réveiller un jeune homme,
Faudrait qu'il fût tout-à-fait mort !

SOEUR MARIE.

Ça fait tant de plaisir d'être utile à ceux qui ont besoin de nous.

MADAME GÉRARD.

Je vous conseille pourtant de ne pas encore abandonner votre malade.

SOEUR MARIE, *vivement.*

M. Adolphe n'est plus en danger.

MADAME GÉRARD.

Ma sœur, tant que le médecin vient, il y a danger... la plaie est fermée... mais la trouée était si conséquente... Ah ! le duel est une vilaine invention... et dire que c'est un cancan qui a été la cause...

SOEUR MARIE.

Quoi ! vous savez le motif ?

MADAME GÉRARD, *vivement.*

Certainement... ça serait du joli si je ne le savais pas ! je suis femme de concierge, et je laisse aux portières le soin de s'occuper de ce qui regarde le peuple ; mais tout ce qui touche aux gens comme il faut... c'est de mon ressort... pour tout dire, l'affaire a eu lieu pour une femme qu'un de ses camarades traitait de légère et d'évaporée.

SOEUR MARIE.

Etes-vous sûre ?

MADAME GÉRARD.

Tiens, c'est le petit, celui qu'il appelle son groom, qui me l'a raconté... ça deviendra un gentil sujet, ce morveux-là... ça n'a pas l'air de parler, mais ça retient tout !

SOEUR MARIE.

Assez, assez, madame Gérard !

MADAME GÉRARD.

Comme vous voudrez... quant à M. Adolphe, le voilà en bon train et je me félicite de vous avoir cédé ma place.

AIR : *Un homme pour faire un tableau*

Pour le veiller après l'combat,
On comptait sur mon ministère,
Mais l'état d'garde est un état
Qu'il m'est impossible de faire.
Sauf quand mon époux est souffrant,
Dans le quartier, quoiqu'on me r'nomme
Je dois l'avouer franchement,
J'n'ai jamais pu garder un homme!

Mais, pour tout dire, vous saurez que madame de Sérignan, pendant que vous n'étiez pas là, a encore envoyé savoir des nouvelles de M. Adolphe... et je crois qu'elle-même pourrait bien...

SOEUR MARIE, *vivement.*

Ah! mon Dieu!.. vous croyez?.. chez un garçon?

MADAME GÉRARD.

C'est son locataire; et d'ailleurs elle le connaît... il allait quelquefois à ses soirées... (*Vivement.*) sans le baron Loquerel, je gage qu'elle aurait déjà visité notre jeune officier... mais le baron demande des ménagemens... pour tout dire, c'est un capitaliste, un banquier... c'est une puissance à présent... le bruit court dans le quartier, qu'il va épouser madame la vicomtesse... le fait est que son équipage est tous les soirs à la porte.

SOEUR MARIE.

Je ne sais, madame Gérard, où vous allez chercher tout ce que vous me dites tous les jours.

MADAME GÉRARD.

Je n'vais pas le chercher... ça vient tout naturellement!.. Quel est ce bruit?.. Ah mon Dieu! est-il possible...Monsieur qui marche...

SCÈNE III.

LES MÊMES, ADOLPHE, TOM.

ADOLPHE, *à Tom, sur qui il s'appuie.*

Allons, mon garçon, soutiens-moi si tu peux... (*Apercevant sœur Marie.*) Elle est revenue!

MADAME GÉRARD.

Ah mon Dieu! mon Dieu!.. quelle imprudence... comment, Monsieur, vous vous êtes levé tout seul?

ADOLPHE, *souriant.*

C'est insulter mon groom... Je n'étais pas seul quoique nous ne fussions pas tout-à-fait deux.

SOEUR MARIE.

Ne craignez-vous pas de vous fatiguer?

ADOLPHE.

Craindre!.. je craignais, sœur Marie, de ne pas vous trouver ici. (*Regardant Marie et à part.*) Quelle ressemblance!

SOEUR MARIE, *à part.*

Comme il me regarde! (*Haut et vivement.*) Monsieur, sivous preniez un verre de tisane?

ADOLPHE.

Bien obligé, ma sœur, je n'en ai nulle envie... grâce à vous, car
c'est vous qui m'avez rendu la santé... je ne l'oublierai jamais.

Air d'Yelva.

Chaque instant de ton existence,
Sexe charmant, est un bienfait nouveau...
Aux jours heureux de notre enfance,
C'est toi qu'on voit près de notre berceau.
Et quand plus tard, du sort qui nous éprouve,
Nous subissons la pénible rigueur,
C'est encor toi que l'on retrouve
Près du chevet de la douleur !

MADAME GÉRARD, à part.

Il pense très-bien sur le sesque. (Haut.) Monsieur, puisque vous
êtes levé, et que ma sœur est avec vous, Tom et moi, nous allons
faire votre chambre.

ADOLPHE.

Vous avez là une excellente idée.

(Il s'assied.)

MADAME GÉRARD.

Suis-moi, groom !..

(Elle passe devant en se redressant, et sort.)

SCÈNE IV.

ADOLPHE, SOEUR MARIE.

ADOLPHE, regardant sœur Marie qui se tient debout à quelques pas
de lui.

Plus je l'examine, et plus je sens un trouble... (Haut.) Eh bien !
ma petite sœur Marie?

SOEUR MARIE, s'approchant de lui.

Eh bien, mon officier !

ADOLPHE.

Qu'on est heureux d'être convalescent. Il me semble que je re-
nais.

SOEUR MARIE.

Vous vous trouvez donc en ce moment?...

ADOLPHE, vivement.

Bien !.. très-bien !

(Il lui prend la main.)

SOEUR MARIE, lui tâtant le pouls.

Oui!.. le pouls est fort et régulier... Le ciel a donc exaucé mes
vœux... Je vous ai tant de fois recommandé au bon Dieu!

ADOLPHE.

Pensez-vous qu'il ait le temps de se mêler de nous ?

SOEUR MARIE, avec un ton doux, mais de reproche.

Eh ! quoi!.. seriez-vous impie aussi ?

Air d'Aristippe.

Sur ce sujet, que l'on plaisante,
De croire je me fais honneur :
Une foi sincère et constante
Elève et console le cœur !

(*Avec émotion.*) En vous soignant je l'ai senti, monsieur...
Quand votre blessure profonde
Faisait dire que , sans espoir,
Vous alliez quitter tout le monde...
Moi , je pensais à vous revoir !

ADOLPHE, *riant.*

C'est étonnant !.. Oui... il y a une âme dans cette voix-là ! et je ne sais quoi...

SOEUR MARIE, *gaîment.*

Eh ! bien... vous réfléchissez... Allons, allons, mon officier, soyons gai... Vous êtes bon au fond, et c'est la jeunesse qui vous rend incrédule !.. (*Avec bonté.*) Ça se passera.

ADOLPHE, *vivement. Il se lève.*

Mais c'est que je ne voudrais pas du tout que vous eussiez une mauvaise opinion de moi. Votre vue, ma sœur, me produit un effet que vous ne pouvez vous imaginer.

SOEUR MARIE.

Comment cela ?

ADOLPHE.

Oh ! il faudrait vous donner des détails... c'est une aventure... Apprenez qu'une femme, depuis quatre ans, semble veiller sur moi sous des costumes et dans des pays différens.

SOEUR MARIE.

La même femme ?

ADOLPHE.

Je ne puis le croire ; mais ce sont à-peu-près les mêmes traits.

SOEUR MARIE.

C'est peut-être votre ange gardien !

ADOLPHE.

Vous riez ?.. Mais si je vous racontais tout ce qui m'est arrivé !

SOEUR MARIE, *vivement.*

Racontez. (*Elle prend une chaise et s'assied.*) Voyons, faites-moi votre confession..

ADOLPHE, *se rapprochant.*

Volontiers ; je vais vous débiter mon chapelet... D'abord, vous saurez que j'ai été orphelin de très-bonne heure... n'ayant presque pour héritage que la bonne réputation de mon père qui s'était ruiné à faire du bien à tout le monde.

SOEUR MARIE, *vivement.*

Il faisait du bien ! sa mémoire doit vous être chère !

ADOLPHE, *vivement.*

J'en suis fier. (*Reprenant.*) Je n'ai connu pour tout parent qu'un oncle fort riche et fort dur... qui m'a fait entrer à l'Ecole militaire !.. Sorti sous-lieutenant de l'École, j'avais employé à m'équiper le peu de fortune que j'avais ; je passe à Bordeaux pour faire la campagne d'Espagne ; tout à coup je reçois d'un gros négociant l'invitation de passer chez lui... je m'y rends , et là on me déclare qu'on a l'ordre de me compter une somme de deux mille francs.

SOEUR MARIE, *vivement.*

En vérité !

ADOLPHE.

Parole d'honneur !... je dis qu'on se trompe... Une jeune dame toute vêtue de noir paraît, dit quelques mots au principal commis, et on s'obstine à me payer... Malgré le voile qu'avait la jeune dame, je distinguai ses traits.

SOEUR MARIE.

Il paraît que le voile était bien clair.

ADOLPHE.

Ou du moins je crus les distinguer.

SOEUR MARIE.

Ah ! bon... c'était la Providence qui vous protégeait.

ADOLPHE.

C'était une femme.

SOEUR MARIE.

Continuez... vous piquez ma curiosité à un point...

ADOLPHE.

Nous sommes en Espagne...

SOEUR MARIE.

Je vous suis...

ADOLPHE.

J'avais juré de gagner mon grade de lieutenant et la croix.

SOEUR MARIE.

Vous avez tenu parole...

ADOLPHE.

L'ennemi fuyait devant nous... emporté avec deux de mes camarades, par le désir de m'illustrer, j'entre en même temps que lui dans la ville où il se réfugiait!

SOEUR MARIE.

Ah ! mon Dieu !.. comment allez-vous vous tirer de là ?

ADOLPHE.

On s'aperçoit que nous ne sommes que trois, on nous entoure et déjà l'on s'est emparé de mes deux compagnons, je me crois perdu... quand j'entends une voix qui crie : C'est lui, sauvez-le ! une porte s'ouvre... et je me trouve en sûreté!

SOEUR MARIE.

Cette fois, c'était la voix de la Providence !

ADOLPHE, *vivement.*

C'était la voix de mon inconnue de Bordeaux.

SOEUR MARIE.

Savez-vous que cela est miraculeux.

ADOLPHE.

Nous rentrons en France .. Je vais en garnison à Metz... le receveur-général donne un grand bal... J'y étais déjà depuis une heure, et j'étais indécis sur la danseuse que j'inviterais, quand un groupe attire mes yeux... Jugez de ma surprise, je revois ma Bordelaise et mon Espagnole !

SOEUR MARIE.

En noir?

ADOLPHE.

Blanche et rose, des pieds à la tête... Je ne vois plus qu'elle, je l'invite, je danse ; je cherche à lui rappeler nos courtes entrevues... Elle ne sait ce que je veux lui dire, elle est étonnée ; mais elle m'écoute, elle me répond, elle me sourit... La contredanse finit, je la reconduis à sa place, en la remerciant le mieux possible ; je la retiens pour une walse, et je me retire pour me remettre un peu de mon trouble... La walse arrive... je m'élance... elle avait disparu !

SOEUR MARIE.

Sitôt !

ADOLPHE, *vivement.*

Je vais à tout le monde... je m'informe... je questionne...

SOEUR MARIE.

Mais, si vous ne disiez rien qui pût la faire reconnaître ?

ADOLPHE, *plus vivement.*

Ah ! pardonnez-moi... Je disais qu'elle avait vingt ans, qu'elle s'appelait Hortense... qu'elle était la plus jolie de toutes les danseuses... Bien certainement, les femmes qui ne la reconnaissaient pas d'après cela, y mettaient de la mauvaise volonté !

SOEUR MARIE, *riant.*

Je le crois comme vous.

ADOLPHE.

Huit jours après, le régiment quitta Metz.

SOEUR MARIE.

Et vous n'en avez plus entendu parler ?

ADOLPHE.

Non ! mais la tête et le cœur tout remplis de son image, je ne parle plus que d'elle ; rien n'égale ma constance... vous avez pu le voir, ma petite sœur... Pendant ma maladie, est-il venu ici... vous savez, ce qui vient chez les jeunes gens... quand ils sont malades... et quand ils se portent bien... (*Sœur Marie sourit.*) On rit de moi... on va même jusqu'à plaisanter sur Hortense... Et quelque temps après mon arrivée à Paris, une querelle...

SOEUR MARIE, *émue.*

Je sais le reste... en vérité, je suis toute attendrie.

ADOLPHE.

Mais enfin, figurez-vous toute ma surprise, les traits de cette Hortense qui sont si bien restés là... je les retrouve dans celle qui vient de me sauver... dans celle qui m'écoute !

SOEUR MARIE.

Qui ? moi ?.. vous trouveriez... (*Riant.*) Ah ! ah ! mon officier, je ne m'attendais pas à celui-là.

ADOLPHE.

Je sais bien que vous n'êtes pas elle, et cependant j'en suis frappé.

AIR : *T'en souviens-tu, etc.*

Une ressemblance étonnante,
Ma sœur, existe entre vous deux ;
Voilà ses traits, c'est sa grâce piquante
Qu'un seul moment ont contemplé mes yeux.
D'être constant à la belle des belles...
Je fis serment, et destin singulier !
En ces lieux, tu me la rappelles
Et tu me la fais oublier.

(Il saisit la main de sœur Marie.)

SŒUR MARIE, *voulant dégager sa main.*

Monsieur...

ADOLPHE.

Ah ! ma sœur, ne vous fâchez pas.

SCÈNE V.

LES MÊMES, MADAME GÉRARD, *apportant une bouteille.*

MADAME GÉRARD.

Monsieur, voilà votre portion calmante... il est l'heure de la prendre.

ADOLPHE, *à part.*

Que le diable l'emporte ! (*Haut, brusquement.*) Les calmans me sont tout-à-fait inutiles.

MADAME GÉRARD, *posant la bouteille sur la cheminée et lui présentant des papiers.*

Et puis voilà ce que l'herboriste et le pharmacien viennent de me remettre... ce sont des mémoires.

ADOLPHE, *les prenant.*

Ah ! diable ! ça me rappelle qu'il ne doit pas y avoir grand'chose dans mon secrétaire... Je crois même qu'il y règne une solitude complète... allons, je n'ai pas de quoi être malade... décidément, il faut que je me porte bien.

SOEUR MARIE, *avec intérêt.*

Est-ce que monsieur n'a pas des amis?

ADOLPHE.

Oh ! je n'en manque pas pas... j'ai écrit ce matin à Saint-Alme, à qui j'ai prêté mille cinq cents francs avant mon événement... je ne risque rien... Il y a trois mois, il nous a donné chez Grignon un magnifique déjeuné... nous étions plus de quarante jeunes gens... il fait supérieurement les choses... le Champagne circulait... Aujourd'hui même je serai payé... s'il a de l'argent.

SOEUR MARIE.

En a-t-il souvent ?

ADOLPHE.

Presque jamais.

SOEUR MARIE, *vivement.*

Mon officier, je connais beaucoup l'herboriste et le pharmacien... si vous voulez je vais passer chez eux... et je suis sûre qu'ils vous donneront tout le temps que je voudrai.

ADOLPHE.

Bonne petite sœur !

AIR *de la Demoiselle à marier.*

Courez soudain, remplir cette ambassade ;
Mais songez bien, je vous prie en ce jour,
Que le bonheur chez un pauvre malade,
Pour reparaître, attend votre retour !..

SOEUR MARIE.

Vous reposer, monsieur est nécessaire :

ADOLPHE.

Petite sœur... j'en conviens et j'y vais...

Un malade est, comme un grand dignitaire,
Il ne fait rien et se repose après..,

ENSEMBLE.

Courez
Courons } soudain remplir cette ambassade, etc.

(Sœur Marie sort et Adolphe rentre chez lui.)

SCÈNE VI.

MADAME GÉRARD, MADAME DE SÉRIGNAN, *frappant doucement à la porte et passant la tête.*

MADAME DE SÉRIGNAN.

Peut-on entrer?

MADAME GÉRARD.

Quoi, madame la vicomtssse !.. vous daignez vous-même... (*Courant prendre un siége.*) Madame la vicomtesse veut-elle s'asseoir?

MADAME DE SÉRIGNAN, *avec intérêt.*

C'est inutile !.. comment va votre malade?

MADAME GÉRARD.

Madame la vicomtesse s'y intéressait, et les soins qu'on s'est empressé de lui donner... Il revient à vue d'œil.

MADAME DE SÉRIGNAN, *vivement.*

Bon jeune homme ! la cause de son duel était si noble... se battre pour l'honneur d'une dame !

MADAME GÉRARD.

Ah! c'est bien gentil, bien complaisant !

MADAME DE SÉRIGNAN.

Aussi, il ne restera pas lieutenant.

MADAME GÉRARD.

Pour tout dire, ça mérite de l'avancement.

MADAME DE SÉRIGNAN.

Que fait-il à cette heure ?

MADAME GÉRARD.

Il n'y a qu'un instant il était ici... je vais aller l'avertir que madame la vicomtesse...

MADAME DE SÉRIGNAN.

Gardez-vous-en bien... je me suis échappée de chez moi... j'ai voulu savoir positivement comment il se trouvait et puis m'informer s'il avait bien tous les soins que son état exige... on ne peut pas faire dire par ses domestiques...

MADAME GÉRARD.

C'est si bavard... (*A part.*) C'est pourtant un bon cœur, ça... (*Haut.*) Madame peut être tranquille, il y a une petite sœur qui en a un soin...

MADAME DE SÉRIGNAN.

On m'en a parlé !.. allons, me voilà contente, car je ne voulais nullement le voir. (*Revenant.*) Dites-moi, est-il bien changé ?

MADAME GÉRARD.

Pas trop ; mais, tenez, vous pouvez en juger facilement, la porte est entr'ouverte et sans être aperçue.

MADAME DE SÉRIGNAN.

Voyons ! (*Elle s'avance sur la pointe du pied et regarde.*) Non! il

n'a pas l'air souffrant... C'est bien lui... (*Avec émotion.*) Le voilà !
j'en suis bien aise.

MADAME GÉRARD.

Ça fait plaisir à voir !

MADAME DE SÉRIGNAN.

Je m'en vais , car si l'on savait...

MADAME GÉRARD.

Mais, Madame, ne suis-je point avec vous ?.. d'ailleurs, on peut
bien avoir à causer avec un locataire ; c'est une porte qui ne ferme
pas... une cheminée qui fume... Il y en a plein la maison des che-
minées qui fument.

AIR *du Carnaval de Béranger.*

A chaque instant, quelque chose motive
Une entrevue et des rapports fréquens...
Tous les trois mois aussi le terme arrive.

MADAME DE SÉRIGNAN.

Songez qu'Adolphe , à peine a vingt-cinq ans !
Lorsqu'une veuve a de tels locataires ,
Pour éviter les propos des portiers ,
Il faut toujours, à son homme d'affaires ,
Laisser le soin de toucher les loyers !

MADAME GÉRARD.

Oui, quand on a des portiers. (*Se redressant.*) Mais quand on a
des concierges...

MADAME DE SÉRIGNAN , *riant.*

Oh ! alors !.. malgré cela, je vous quitte... si mon prétendu, monsieur le baron Loquerel, me voyait... ah ! mon Dieu ! je serais toute
confuse... que lui dirais-je ?

(Elle se retourne , et se trouve face à face avec le baron qui vient d'entrer.)

SCÈNE VII.

LES MÊMES , LE BARON LOQUEREL.

MADAME DE SÉRIGNAN , *vivement et avec grâce.*

Que vois-je ? monsieur le baron ! vous ne pouviez arriver plus à
propos.

MADAME GÉRARD, *à part.*

Si c'est comme cela qu'elle est confuse ?

LE BARON.

Madame, je venais...

MADAME DE SÉRIGNAN , *coupant la parole au baron qui va pour parler.*

Vous connaissez M. de Lucy... vous l'avez vu plusieurs fois à
mes soirées .. vous savez son événement ?.. c'est un charmant jeune
homme, n'est-ce pas.

LE BARON.

Hen ! hen ! hen !

MADAME DE SÉRIGNAN.

Mon bon cœur, les soins, les égards, la politesse qu'exigent un
pareil locataire m'avaient engagée à venir moi-même ; mais il n'est
pas convenable que je le voie, c'est vous qui devez le visiter et le
protéger.

LE BARON, *étonné.*

Madame...

MADAME DE SÉRIGNAN.

Il n'est que lieutenent, vous en ferez un capitaine.

LE BARON.

Mais...

MADAME DE SÉRIGNAN.

Rappelez-vous, M. le baron, que vous-même vous êtes en sollicitation auprès de moi.

LE BARON.

Il n'est que trop vrai; et votre main...

MADAME DE SÉRIGNAN.

Vous ferez cela pour moi... (*avec amabilité*) afin que je fasse quelque chose pour vous... cela vous est facile, vous approchez de toutes nos sommités administratives... A propos, vous avez là votre voiture, je compte sur vous pour décider Mme de Nanteuil à venir à ma réunion de ce soir.

LE BARON.

Cette jeune veuve est à Paris?

MADAME DE SÉRIGNAN.

Oui, j'ai déjà été trois fois chez elle, impossible de la trouver... je l'aime beaucoup : nous avons joué la comédie ensemble chez le ministre... elle est charmante dans les travestissemens... c'est une folle... une tête romanesque... Madame Gérard, voyez si votre malade peut recevoir Monsieur.

MADAME GÉRARD.

J'y vais. (*A part.*) Pour tout dire, v'là une femme !..
(Elle entre chez Adolphe.)

MADAME DE SÉRIGNAN, *au baron.*

Monsieur, vous avez reçu mes ordres, courez, sollicitez, intriguez en faveur de M. de Lucy ! mes bonnes grâces sont à ce prix.
(Elle sort, en lui faisant signe qu'elle compte sur lui.)

SCÈNE VIII.

LE BARON, *seul.*

Hein ! ses bonnes grâces sont à ce prix... (*Il se frotte la tête.*) C'est les porter à un taux extravagant... après tout, que m'en coûtera-t-il pour en faire un capitaine?.. J'ai du crédit, on a besoin de mes fonds, le jeune homme est très-bon militaire, et je conçois que la vicomtesse prenne intérêt... mais si cet intérêt était d'une nature... Un instant... c'est que l'on ne se moque plus des banquiers.

AIR : *Halte-là !* etc.

Autrefois, chez mes confrères,
L'argent seul paraissait doux...
L'esprit ne se comptait guères ;
A présent, ils en ont tous !
Ils s'expriment avec grâce,
On admire leur talent...
Et d'après ce qui se passe,
Je crois que réellement,
Les banquiers, maintenant,
Ont plus d'esprit que d'argent...

DEUXIÈME COUPLET.

Parler avec éloquence,
Agir politiquement...
Quel bonneur pour la finance !
C'est superbe... Cependant,
Je trouve, lorque j'y pense,
Que le banquier qui vraiment
A le plus d'esprit en France,
Est définitivement,
Celui qui, maintenant,
A toujours le plus d'argent !

(*Gaîment.*) Et jusqu'ici, mes millions sont intacts... mais ce jeune homme... il a des dettes... on est même venu chez moi pour l'escompte deplusieurs lettres de change... ne puis-je le servir, et... de la diplomatie, bravo !.. les banquiers sont diplomates aujourd'hui... mais le voilà !

SCÈNE IX.

LE BARON, ADOLPHE, *sortant de sa chambre.*

ADOLPHE.

Monsieur le baron ici! combien je suis reconnaissant... un banquier, un millionnaire... j'étais loin de m'attendre...

LE BARON.

Un militaire comme vous doit s'attendre à tout. (*A part.*) C'est qu'il est fort bien... être obligé de le faire capitaine, c'est dur. (*Haut.*) Apprenez monsieur, qu'il faut que je vous sois utile, qu'il faut que je demande votre avancement.

ADOLPHE, *étonné.*

Et qui peut m'attirer cette faveur ?

LE BARON, *à part.*

Il ne manquerait plus que de lui nommer la vicomtesse. (*Haut.*) Qui ? monsieur ? le seul protecteur dont les sollicitations soient bien accueillies aujourd'hui, votre mérite.

Air *de Marianne.*

Jadis, dans notre vieille France,
Faveur, emploi, grade éminent,
Ne s'accordaient qu'à la naissance ;
Mais aujourd'hui, c'est différent :
Nos escadrons,
Nos bataillons,
Par des soldats
Sont menés aux combats !
Littérateurs,
Grands orateurs,
Qui vient s'asseoir dans vos rangs ?
Les talens !
Oui, ces talens qu'on voit sans cesse,
Chez nous chéris, considérés,
Son tmaintenant, des gens titrés,
Les titres de noblesse ! (*ter.*)

ADOLPHE.

Ah ! monsieur le baron, que je vous dois de remercimens !

LE BARON, *brusquement.*

Il n'y a pas de quoi !

ADOLPHE.

Pardonnez... vouloir bien vous occuper d'un pauvre malade !

LE BARON, *vivement.*

J'ai bien été forcé de m'en occuper.

ADOLPHE, *le remerciant.*

Ah ! vous me confondez !

LE BARON, *à part.*

Allons, il prend tout cela pour de l'argent comptant .. Diable de situation... il faut en sortir. (*Haut.*) Jeune homme, je vais songer à vous... J'espère que vous serez content. (*A part.*) Et moi aussi.

(Il lui prend la main.)

ADOLPHE.

Monsieur le baron, soyez sûr que de mon côté... si je pouvais...

LE BARON.

C'est bien, c'est bien... Attendez dans votre fauteuil...

(Il sort.)

ADOLPHE, *s'asseyant.*

Brave banquier !.. C'est vraiment un protecteur qui me tombe des nues... (*On sonne très fort.*) Ah ! mon Dieu ! est-ce que mes créanciers sauraient déjà cette nouvelle adresse ?

SCÈNE X.

ADOLPHE *assis,* AMÉDÉE *mis dans la dernière mode, de tous petits favoris noirs et une petite moustache de même couleur; il porte un lorgnon très élégant.*

AMÉDÉE, *apercevant Adolphe.*

Ah ! le voilà, ce cher ami... attendant le retour d'Hygie... Il a l'air de ne pas remettre un ami.

ADOLPHE.

Non ; mais dorénavant il n'en sera plus ainsi... on se rappelle facilement les traits de ceux qui viennent nous voir dans le malheur, attendu que le nombre n'en est pas grand.

AMÉDÉE.

On me nomme Amédée de Saint-Alme !

ADOLPHE.

Vous seriez parent de Saint-Alme ?

AMÉDÉE.

Je suis son frère... sorti du collége depuis six mois... il y a déjà long-temps, comme vous voyez.

ADOLPHE.

J'ignorais que Saint-Alme...

AMÉDÉE.

Nous avons pourtant déjeûné ensemble.

ADOLPHE

Est-ce que vous étiez du fameux déjeuné qu'il a donné avant mon coup d'épée?.. Le Champagne y faisait tapage !

AMÉDÉE, *gaîment.*

Et nous donc ?

ADOLPHE, *gaîment.*

Les toats se multipliaient aveé une rapidité!

AMÉDÉE, *gaîment.*

J'ai causé plus d'une demi-heure avec vous !

ADOLPHE.

Avant le déjeûner ?

AMÉDÉE.

Non, après !

ADOLPHE.

C'est donc cela, que je ne me rappelle plus... (*Le regardant.*) Il paraît, jeune homme, que nous sommes dans le militaire ?

AMÉDÉE.

Non... je suis dans la garde nationale... je monte la garde pour mon père... et je porte des moustaches à sa place... (*Se redressant et passant ses doigts sur sa moustache.*) Ca va bien, n'est-ce pas ?.. et ce petit ornement aussi... Le lorgnon découvre les belles... et la moustache les soumet.

ADOLPHE, *à part.*

Drôle de petit homme !.. (*Haut.*) Je suis enchanté de vous voir !

AMÉDÉE.

Mon frère a reçu votre lettre, et je m'empresse de vous rapporter la somme qu'il vous doit.

ADOLPHE.

Comment diable ! il paie ses dettes !.. Il a donc été malade aussi... Je ne le reconnais plus... Et pourquoi ce cher ami ne vous a-t-il pas accompagné ?

AMÉDÉE.

Il allait me suivre quand on lui a annoncé la visite de M. Survilliers.

ADOLPHE.

De monsieur de Survilliers, de mon oncle le richard... il est bien heureux de ne pas être son neveu... il n'irait pas le voir.

AMÉDÉE.

Bah ! il nous a quelque fois parlé de vous avec le plus grand intérêt... et j'ai des raisons pour croire...

ADOLPHE.

Je cours l'embrasser.

(Il va pour sortir.)

AMÉDÉE.

Gardez-vous-en bien... d'ailleurs, vous êtes malade... il paraît que vous avez fait quelques petites fredaines.

ADOLPHE.

Des riens... quelques dettes dont je lui ai envoyé le montant, cinq mille francs à-peu-près... il pouvait bien payer ça.. c'est la seule chose que je lui aie demandée depuis que suis au service... ce n'est pas trop.

AMÉDÉE.

Ce n'est pas assez... vous recevrez cela et bientôt... j'en fais mon affaire. En attendant, voilà toujours les 1500 francs de mon frère... et je vous quitte.

(Il lui serre la main.)

ADOLPHE.

Nous nous reverrons bientôt ?

❀ 17 ❀

AMÉDÉE.

Peut-être... demain, j'ai une affaire.

ADOLPHE.

Demain... ah ! prenez bien garde : avez-vous un témoin ?

AMÉDÉE.

J'ai tout ce qu'il me faut.

ADOLPHE.

Vous êtes si jeune !

AMÉDÉE.

Bah !

Air *nouveau d'Hip. Gasse.*

On se bat toujours bien,
Quand on n'a peur de rien.
La guerre a tant de charmes !
J'ai d'excellentes armes.
On se bat toujours bien,
Quand on n'a peur de rien.

Sans détours ni surprise,
C'est au cœur que je vise,
Lorsque nous sommes deux ;
C'est surtout mon coup-d'œil qui me rend dangereux :
Les menaces me font sourire ;
Jamais homme, je puis le dire,
Ne me fera céder le pas ;
Et vous-même, je gage,
Malgré votre courage,
Je ne vous craindrais pas.

On se bat toujours bien,
Quand on n'a peur de rien, etc.

ADOLPHE.

Vous êtes un déterminé !

AMÉDÉE.

Ça tient à ma manière d'être.

ADOLPHE.

Air : *Mon cœur à l'espoir s'abandonne.*

Vous me faites donc la promesse
Que vous reviendrez, mon ami ?

AMÉDÉE.

C'est fort douteux, je le confesse,
Que vous me revoyiez ainsi...

ADOLPHE.

De venir me voir, je vous somme.

AMÉDÉE.

Puis-je répondre du destin ?
Aujourd'hui, mon cher, je suis homme,
Je puis ne pas l'être demain.

ENSEMBLE.

Je ne puis faire la {
Je veux avoir votre { promesse...
Etc., etc., etc.

(Amédée sort.)

SCÈNE XI.

ADOLPHE, MADAME GÉRARD.

MADAME GÉRARD.

Monsieur, monsieur, votre encrier... bien vite!...

ADOLPHE.

Un moment. (*Se retournant.*) Adieu! mon cher.

MADAME GÉRARD.

Dépêchez-vous, je ne dois pas la faire attendre plus long-temps.

ADOLPHE.

Qu'est-ce que c'est donc?

MADAME GÉRARD.

Un homme superbe! et à cheval! Il faut que je lui donne un reçu ; il m'a dit : petite mère, un temps de galop , je suis pressé.. (*Elle va pour sortir.*) A propos, et la lettre qu'il a apportée. C'est pour vous, je vais donner le reçu.

(Elle lui donne la lettre, et sort.)

ADOLPHE.

Que vois-je? (*Il lit.*) « Le ministre de la guerre recevra aujour- « d'hui M. de Lucy à une heure. » Ah! mon Dieu! il est midi et demi, et je suis malade; mais l'espérance, quel excellent méde- cin!.. mon docteur en dira ce qu'il voudra, je vais passer un habit, et je sors.

(Il entre dans sa chambre à coucher ; le baron paraît dans le fond; il a entendu les derniers mots d'Adolphe.)

SCÈNE XII.

LE BARON.

Il sort, quoique malade, nous verrons ; heureusement que j'ai tout prévu, et grâce à mes mesures.

SCÈNE XIII.

LE BARON, MADAME DE SÉRIGNAN.

LE BARON.

Madame la vicomtesse!.. la place m'est heureuse à vous y ren- contrer.

MADAME DE SÉRIGNAN.

Cette fois, Monsieur, c'est vous que je viens chercher. Je vous ai aperçu des fenêtres de mon appartement...

LE BARON.

Eh bien, Madame, vous allez être enchantée, j'ai vu le ministre.

MADAME DE SÉRIGNAN.

Déjà!

LE BARON.

L'espoir dont vous m'aviez flatté, Madame, doublait mon obli- geance naturelle; je n'ai rien négligé et l'on m'a promis...

MADAME DE SÉRIGNAN.

Avec votre protection, je vois que notre lieutenant ira loin.

LE BARON.

Oh ! je vous en réponds... je me doute bien à-peu-près où il ira. Mais , tenez, le voici et prêt à sortir.

SCÈNE XIV.

LES MÊMES, ADOLPHE , *en habit , et une lettre à la main,* UN HUIS-
SIER *et ses* RECORS, *puis* SŒUR MARIE, *ensuite* MADAME
GÉRARD.

FINALE.

Musique d'Hyppolite Gasse.

ADOLPHE , *à madame de Sérignan.*

Quoi ! madame en ces lieux s'empresse
Pour visiter un jeune homme souffrant.
Tout le monde à moi s'intéresse ;
Lisez : le ministre m'attend !

MADAME DE SÉRIGNAN.

Je vous en fais mon compliment.

LE BARON, *à part.*

Il n'ira point au ministère,
Et pour un autre logement,
Voici l'escorte qui l'attend.

(Il voit l'huissier et les recors qui entrent, et leur fait signe.)

ENSEMBLE.

L'HUISSIER ET LES RECORS, *à part.*

Profitez } du sort prospère,
Profitons }

Rendons-nous } y sur-le-champ...
Rendez-vous }

Un ministre n'attend guère.

Partons, partons } à l'instant !
Partez, partez }

L'HUISSIER, *à Adolphe.*

Ah ! pardon , si je vous dérange !
C'est pour une lettre de change !

MADAME DE SERIGNAN.

O ciel !...

(Sœur Marie paraît et écoute.)

ADOLPHE.

Eh bien ! voyons, mes braves gens !

L'HUISSIER.

C'est quatre mille trois cents francs !

ADOLPHE.

Moi qui n'ai que quinze cents francs !

SŒUR MARIE, *à part.*

O ciel ! fais qu'on arrive à temps !

L'HUISSIER.

Il faut payer, ou nous suivre à l'instant.

ADOLPHE.

Que diable ! messieurs , un moment !
Votre marche est expéditive....

MADAME GÉRARD, *arrivant par le fond.*

Monsieur, pour vous c'est un' missive...

ADOLPHE, *après avoir vivement décacheté la lettre.*

Je suis sauvé !

TOUS.

Il est sauvé !

SŒUR MARIE , *à part.*

Il est sauvé !..

ADOLPHE, *donnant des billets de banque à l'huissier.*
Voici votre argent bien compté,
Plus deux cents francs pour boire à ma santé!

L'HUISSIER.
Quelle générosité!

LE BARON, *à part.*
Mon complot est avorté!

ADOLPHE, *joyeux, au baron.*
Je sais d'où vient ce secours tutélaire...

LE BARON, *lançant un regard à madame de Sérignan.*
Moi, je m'en doute aussi, morbleu!..

ADOLPHE, *à part.*
Oncle charmant! (*Haut.*) Je cours au ministère!
Adieu, madame, adieu!

ENSEMBLE.

SOEUR MARIE, *à part.*
Ah! pour moi quel sort prospère,
Il est libre maintenant...
Exauce encor ma prière,
O ciel!.. en le protégeant!
Adieu, madame, adieu!
Profitons
Profitez } du sort prospère,
Et { courons
courez } y sur-le-champ.
Un ministre n'attend guère;
Partons, partons
Partez, partez } à l'instant!

FIN DU PREMIER ACTE.

ACTE SECOND.

Le théâtre représente un salon élégant ; dans le fond , une salle de bal richement décorée.

SCÈNE PREMIÈRE.

Au lever du rideau, on termine une contredanse ; chaque cavalier reconduit sa dame.

MADAME GÉRARD , *entrant à la cantonnade.*

Surtout que ça ne vous arrive plus! A-t-on idée d'une chose semblable ? M. Gérard , mon mari , que je surprends, faisant le petit papillon avec la femme de chambre de Madame ; il paraît que le flageolet le met en train...

AIR *de l'Artiste.*

Avez mamzell' Constance,
Il allait figurer ;
Par bonheur ma présence
Est v'nu le modérer.
Parmi les gens ingambes
Monsieur va se lancer,
Cela n'a plus de jambes
Et veut encor danser.

Je l'ai arrêté juste au milieu de la queue du chat ; et je vais aller tout de suite à la loge , voir s'il est bien tranquille.

SCÈNE II.

MADAME GÉRARD, MADAME DE SÉRIGNAN, LE BARON.

MADAME DE SÉRIGNAN , *vivement.*
Madame Gérard !

MADAME GÉRARD , *surprise.*
Que veut Madame ?

MADAME DE SÉRIGNAN.
Où est M. de Lucy ?

MADAME GÉRARD.
Mais, Madame, je pense qu'il est chez lui.

MADAME DE SÉRIGNAN.
Allez bien vite de ma part vous informer de ses nouvelles.

MADAME GÉRARD.
Est-ce qu'il lui serait arrivé quelque chose ?

(Elle sort.)

SCÈNE III.

LE BARON, MADAME DE SÉRIGNAN.

LE BARON.
Ce jeune homme est bien heureux et vous vous intéressez à lui.

MADAME DE SÉRIGNAN , *sèchement.*
Cela se peut.

LE BARON.

Je le vois bien; mais moi, m'en voudrez- vous toujours.

MADAME DE SÉRIGNAN.

Aussi long-temps que je le voudrai.

LE BARON.

C'est juste... Tenez , pour faire la paix, accordez-moi la première walse.

MADAME DE SÉRIGNAN, *changeant de ton.*

Vous... c'est une plaisanterie !

LE BARON.

Je vous assure que non : vous savez bien qu'on me fait tourner comme on veut.

MADAME DE SÉRIGNAN.

Vous faites semblant de tourner...

LE BARON.

Je tourne bien réellement; mais voyons, pour être en colère contre moi, vous avez un motif?

MADAME DE SÉRIGNAN.

Monsieur devine avec une facilité...

LE BARON.

Alors, je sais le moyen de vous remettre en bonne humeur; vous ne m'avez pas donné le temps de vous détailler tout ce que j'avais fait pour votre protégé : Sachez qu'il entre capitaine dans un régiment nouveau, et que demain il faut qu'il passe la revue du maréchal.

MADAME DE SÉRIGNAN.

C'est une horreur! une infamie!

LE BARON, *avec bonhomie.*

Vous n'êtes pas contente ?

MADAME DE SÉRIGNAN.

Il est impossible d'être plus faux, plus perfide !

LE BARON.

Comment, Madame, je fais avoir à M. de Lucy, le jour même où vous me le recommandez, une audience du ministre.

MADAME DE SÉRIGNAN.

Parce que vous saviez qu'il était malade.

LE BARON.

Aller au ministère, ça rétablit bien la santé.

MADAME DE SÉRIGNAN.

C'est sans doute pour cela que vous aviez pris vos mesures pour l'empêcher d'arriver ?

LE BARON.

Vous penseriez !..

MADAME DE SÉRIGNAN.

Oui, monsieur, je pense que si vous lui avez fait obtenir ce grade de capitaine qui l'oblige à paraître si subitement à une revue, c'est que vous saviez qu'il fallait qu'il se procurât des chevaux, un uniforme complet, et que cinq à six mille francs suffiraient à peine pour parer à ces premières dépenses.

LE BARON, *à part.*

Allons, elle n'en a pas manqué une...

MADAME DE SÉRIGNAN.

Air *du Pot de fleurs.*

A ses vœux vous semblez propice,
Et vous cherchez à le frapper...
Et quand vous lui rendez service
Ce n'est que pour mieux le tromper.
D'un homme, ces perfides trames
Ne sont pas dignes....

LE BARON.

..... En effet,
Comme vous je crois tout-à-fait
Qu'elles ne conviennent qu'aux femmes.

MADAME DE SÉRIGNAN, *piquée.*

Monsieur le baron, vous êtes un homme abominable.

LE BARON.

Vous exagérez...

MADAME DE SÉRIGNAN, *plus en colère.*

Vous êtes tout ce qu'il y a de plus horrible, et je ne peux plus vous voir.

LE BARON, *l'arrêtant, et avec prière.*

Arrêtez, je vous en conjure ; je me mets à votre disposition.

MADAME DE SÉRIGNAN.

Vous vous repentez...

LE BARON.

Air : *C'était Renaud de Montauban.*

Je me conduis comme le roi des fous,
Et j'aurai toujours tort je gage...
Mais est-il généreux à vous
De profiter d'un brillant avantage ?
Je suis riche et suis amoureux...
Ce double titre était fort inutile,
Quand pour agir souvent en imbécille
Il suffit d'être l'un d'eux.

MADAME DE SÉRIGNAN.

Mais ce pauvre jeune homme...

LE BARON, *vivement.*

Eh ! mon Dieu, madame ! il n'est peut-être pas aussi embarrassé que vous vous l'imaginez. Tous ces jeunes gens à la mode ont des ressources... la Providence est là... qui sait si déjà...

ADOLPHE, *paraissant dans le fond, et parlant aux personnes de sa connaissance.*

Oui, mes amis, oui, c'est moi, je suis ressuscité.

LE BARON, *apercevant Adolphe en uniforme.*

Morbleu! celui-là est trop fort aussi...

MADAME DE SÉRIGNAN, *à part.*

Plus de doute, le baron a été généreux.

LE BARON, *à part.*

C'est elle qui est la Providence !

SCÈNE IV.

LES MÊMES, ADOLPHE.

ADOLPHE, *vivement.*

Ah! madame! ah! monsieur le baron... je ne sais qui des deux remercier davantage ; car si monsieur s'est intéressé à moi , certainement je le dois à madame. Je suis dans une joie !

AIR : *Vaudeville des Amazones.*

Oui, mon bonheur passe mon espérance,
En vérité, madame, il me confond ,
Et grâce à votre bienveillance,
Je suis nommé capitaine en second. (*bis*)
A ma belle propriétaire
Ce que je dois je ne puis l'oublier :
Avancement, santé, destin prospère,
Je lui dois tout , et de plus mon loyer !

LE BARON , *à part.*

Il ne voit qu'elle.

ADOLPHE.

Il me sera impossible d'acquitter toutes ces dettes ; j'ai un caissier ; voyez, j'ai déjà mon uniforme ; mes deux chevaux sont achetés... deux bais dorés d'un brillant. . demain, à six heures du matin , ils seront dans la cour tous scellés , tout bridés... (*Vivement.*) Cher baron , que vous devez être content ! j'espère que les gens que vous poussez vont bon train.

MADAME DE SÉRIGNAN , *avec bonté , au baron.*

Baron , c'est bien, très-bien... vous faites les choses à merveille ; je valserai avec vous.

LE BARON , *furieux.*

Madame est si bonne !

SCÈNE V.

LES MÊMES, MADAME GÉRARD , *vivement.*

MADAME GÉRARD.

Pardon , madame la vicomtesse , si je vous dérange... Je viens dire à M. Adolphe que sa garde malade.

ADOLPHE.

Ma sœur Marie ! Eh bien !..

MADAME GÉRARD.

Il ne faut plus compter sur elle. C'est bien heureux que monsieur passe la nuit au bal ; elle est partie avec la clé dans sa poche.

MADAME DE SÉRIGNAN.

Mon Dieu ! madame Gérard , il était inutile de nous interrompre.

MADAME GÉRARD.

Pardonnez-moi, Madame, je serais coupable de ne pas avertir M. Adolphe que cette personne ne lui convient pas... C'est une petite sainte, n'y touche... on dit qu'on l'a rencontrée dans une voiture bourgeoise. Mais, soyez tranquille, je vous chercherai un bon sujet, une femme toute pareille à moi !

ADOLPHE, *à part.*

Bien obligé !

(On entend beaucoup de bruit.)

LE BARON, *regardant à la cantonnade.*

Eh ! mon Dieu !.. qu'arrive-t-il donc? la foule se porte à l'entrée du salon ?

(Morceau d'ensemble.)

Musique de M. Elwart.

De ce côté, mais qui donc les attire ?
A qui fait-on un si brillant accueil ?
C'est une dame, on l'entoure, on l'admire.

MADAME DE SÉRIGNAN, *regardant.*

Mais c'est, baron, madame de Nanteuil.

LE BARON.

Oui, c'est vraiment madame de Nanteuil !

(Madame de Nanteuil paraît ; elle est entourée par un grand nombre de cavaliers ; un d'eux semble l'inviter à danser.)

SCÈNE VI.

LES MÊMES, **MADAME DE NANTEUIL**, *repondant par un léger sourire et descendant la scène, Madame de Sérignan vient au-devant d'elle.*

MADAME DE SÉRIGNAN.

Venez, ma belle... Ah ! je ne comptais guère
Passer un moment aussi doux.
Vous avez donc quelque procès, ma chère ?
Car vous n'êtes jamais chez vous.

MADAME DE NANTEUIL.

Il est vrai ; mais j'espère
Etre à présent plus sédentaire.

ADOLPHE, *la reconnaissant.*

O ciel ! Hortense !.. en croirais-je mes yeux !

MADAME DE NANTEUIL.

Auprès de vous toute peine s'oublie,
De s'égayer on n'a que le désir ;
Dans ce séjour on sent, ma chère amie,
Le cœur trembler et battre de plaisir !

MADAME DE SÉRIGNAN.

AIR *Walse.*

Excusez-moi, je vous prie...

(*Offrant sa main au baron pour valser.*)

J'ai promis de faire un heureux !

(*A Adolphe, montrant madame de Nanteuil.*

C'est à vous que je la confie.

ADOLPHE.

Je suis au comble de mes vœux !

ENSEMBLE.

Veiller sur elle et la defendre,
Que je dois faire de jaloux...
Je vais la voir, je vais l'entendre,
Fût-il jamais moment plus doux !

MADAME DE SÉRIGNAN.

Oui, le signal se fait entendre,
Je quitte un entretien si doux ;

(*Au baron.*) Mais à vos vœux je dois me rendre ;
Oui, monsieur, je valse avec vous.

MADAME DE NANTEUIL.

En ces lieux je vais vous attendre ;
Mais, ma belle, dépêchez-vous,
Car à vous voir, à vous entendre,
Je passe des momens bien doux.

LE BARON.

Elle a pour moi l'air assez tendre,
Malgré tous mes transports jaloux,
Dans ce salon il faut se rendre,
Et profiter d'instans bien doux !

(Il sort avec madame de Sérignan.)

SCÈNE VII.

MADAME DE NANTEUIL, ADOLPHE.

MADAME DE NANTEUIL.

Je suis bien aise de m'arrêter quelque temps ici... il fait si chaud dans ces salons ; mais j'y pense, monsieur voulait peut-être valser ? je serais désolée de l'empêcher de rejoindre sa dame, et dès à présent il peut abdiquer un emploi...

ADOLPHE.

Ne l'espérez pas... je veux au contraire jouir de tous ses privi-léges.. au milieu d'une fête à-peu-près semblable, je me suis pré-senté auprès de madame avec moins de titres.

MADAME DE NANTEUIL.

Je serais en pays de connaissance... en effet plus je regarde monsieur... je me souviens à présent.

ADOLPHE, *vivement.*

C'était à Metz ! (*A part.*) Il faut l'aider un peu...

MADAME DE NANTEUIL.

Chez le receveur-général?... Comment, c'était monsieur?.. J'ai souvent pensé à lui ; j'avais besoin de le voir.

ADOLPHE, *vivement.*

Quoi ! madame... il se pourrait...

MADAME DE NANTEUIL, *souriant.*

N'en tirez aucune conséquence, monsieur, c'était pour des af-faires d'intérêt. .

ADOLPHE, *à part.*

Ah ! mon Dieu !... est-ce qu'elle aurait acheté quelqu'une de mes créances ?

MADAME DE NANTEUIL.

Je suis à Paris pour quelque temps ; nous en parlerons une autre fois.

ADOLPHE, *vivement.*

Oui, madame... une autre fois... Aujourd'hui, permettez-moi de reprendre un entretien dont, sans doute, toutes les traces sont effacées de votre imagination.

MADAME DE NANTEUIL.

Comment, vous pensez encore à ces folies?

ADOLPHE, *vivement.*

Madame ne les a pas oubliées?

MADAME DE NANTEUIL.

Je n'en suis pas bien sûre... C'était pendant la contredanse...
Vous me compariez, si je m'en souviens, à une dame de Bordeaux...
à une Espagnole qui vous avait sauvé...

ADOLPHE, *vivement.*

Oui, madame, oui... Ah! quelle bonne mémoire vous avez!

MADAME DE NANTEUIL.

Air *nouveau d'Hip. Gasse.*

Vous disiez qu'à votre âme émue
Je représentais tous ses traits ;
Que charmé par ma seule vue,
Autant qu'elles je vous plaisais!
J'avais une voix douce et tendre,
Vous disiez qu'on ne peut m'entendre
Sans m'aimer aussitôt!
(*Gaîment.*)
Mais je n'en croyais pas un mot.

ADOLPHE.

Oh! ce n'est pas tout, je suppose
Je vous disais bien autre chose...

MADAME DE NANTEUIL.

Non!.. ce n'est pas tout je suppose...
Voyons : vous disiez autre chose,

Ah! m'y voilà!...

DEUXIÈME COUPLET.

Des dames du bal, j'étais celle
Qui possédait le plus d'appas,
Vous disiez : que j'étais cruelle,
Monsieur, que ne disiez vous pas.
Vous disiez, je me le rappelle,
Que bien loin de m'être infidèle
Vous péririez plutôt.
(*Gaîment.*)
Et je n'en croyais pas un mot.

ENSEMBLE.

C'est à-peu-près tout, je suppose,
Vous ne disiez rien autre chose.

ADOLPHE.

C'est à-peu-près tout, je suppose,
Mais je pensais bien autre chose.

Eh bien! madame, tout ce que je vous disais, je suis prêt à vous
le répéter... Votre présence est toujours pour moi un gage de bonheur... Aujourd'hui, par exemple, oncle, amis, avancement, tout
me revient à la fois... Vous me rappelez cet ange que j'ai retrouvé
dans le danger ; je ne veux plus vous quitter...

MADAME DE NANTEUIL.

Il est donc bien vrai que vous vous occupiez de moi?..

ADOLPHE.

A chaque instant, madame ; je ne voyais que vous, je ne par-
lais que de vous.

MADAME DE NANTEUIL.

Avec qui?

ADOLPHE, *embarrassé.*

Avec une personne...

MADAME DE NANTEUIL, *vivement.*

Quelle est cette personne ?

ADOLPHE.

Une jeune religieuse... à qui je dois beaucoup... elle est douce, prévenante ; elle m'a soigné pendant ma maladie cruelle...

MADAME DE NANTEUIL.

Vous en parlez avec émotion.

ADOLPHE.

C'est à sa ressemblance avec vous qu'elle doit l'intérêt que je lui porte.

MADAME DE NANTEUIL.

C'est très-flatteur pour moi...

ADOLPHE.

Ne nous occupons plus d'elle ; à mon tour, qu'il me soit permis de vous demander...

MADAME DE NANTEUIL.

Je vais aller au-devant de vos questions... à l'époque où vous me vîtes, il y avait deux ans que j'étais veuve de M. de Nanteuil.

ADOLPHE, *vivement.*

Veuve ! et madame n'a pas changé depuis ce temps ?

MADAME DE NANTEUIL.

Non, mais je ne vous cache pas que mon **voyage** à Paris était déterminé par certain projet.

ADODPHE.

Que dites-vous, madame... quoi ! vous auriez...

MADAME DE NANTEUIL.

Oui, une pensée folle... mais la moindre chose peut détourner mes idées.

ADOLPHE.

Détournez-les, madame... laissez-moi cet espoir.

MADAME DE NANTEUIL.

Vous me conseillez !

ADOLPHE, *vivement.*

De toutes mes forces !.. (*Le cavalier qui avait invité madame de Nanteuil à son arrivée, vient la chercher.*) Vous me quittez ; mais promettez-moi...

MADAME DE NANTEUIL.

Maintenant, je suis engagée !

(Elle sort avec le cavalier.)

SCÈNE VIII.

ADOLPHE, LE BARON.

LE BARON, *s'essuyant le front.*

C'est fini ! cette femme-là vient d'achever de me tourner la tête...

ADOLPHE.

Ah ! monsieur le baron, jugez de mon bonheur... je viens de la voir...

LE BARON, *à part.*

Encore ce jeune homme qui me la dispute... (*Haut.*) Et moi, je viens de walser avec elle.

ADOLPHE.

Ce mariage dont elle m'a parlé... ce prétendu... Il est impossible que je ne l'emporte pas.

LE BARON.

Voilà bien nos jeunes présomptueux... Je le connais, ce prétendu ; il n'est pas homme à céder.

ADOLPHE.

Eh bien ! monsieur, je le tuerai !

LE BARON.

Comment, vous le tuerez !.. J'espère bien que vous ne ferez pas une chose comme celle-là.

ADOLPHE.

Pardonnez !.. Il en sera de même de tous ceux qui se mettront sur les rangs pour épouser madame de Nanteuil.

LE BARON.

Comment ? c'est madame de Nanteuil !...

ADOLPHE.

Que j'aime !.. que j'adore !...

LE BARON, *lui sautant au cou.*

Ah ! mon cher ami, que vous me faites de bien... Effectivement, où avais-je la tête, de penser... Vous l'épouserez... je veux vous servir, et pour tout de bon... M. de Luçy, un officier et un banquier, c'est le *doit* et *l'avoir.* Ma caisse et mon cœur, tout vous est ouvert.

ADOLPHE.

Mon cher baron, je vous remercie. Par extraordinaire, je me trouve en argent.

LE BARON.

Ah ça ! mais, par quel hasard ?

ADOLPHE.

Des rentrées imprévues... J'ai prêté à Saint-Alme...

LE BARON.

Saint-Alme, l'auditeur ?.. Je le connais... mauvaise paie...

ADOLPHE.

Eh bien ! détrompez-vous... il m'a envoyé ce matin quinze cents francs par son frère Amédée, un tout petit jeune homme bien gentil.

LE BARON.

Vous m'étonnez... je suis lié avec la famille. Saint-Alme n'a jamais eu qu'une sœur qui est morte en nourrice, et quand à vous envoyer de l'argent, à moins qu'il ait fait des économies depuis qu'il est à Sainte-Pélagie...

ADOLPHE.

A Sainte-Pélagie !.. Pauvre garçon... Alors tout vient de mon oncle, M. de Survilliers.

LE BARON.

M. de Survilliers... un riche armateur ! Ah ! c'est votre oncle ; il est un peu avare...

ADOLPHE.

C'est-à-dire bizarre... C'est lui qui, au moment où j'allais être arrêté, m'a envoyé les 4,5oo francs.

LE BARON.

Mon cher ami, j'ai beaucoup entendu parler d'oncles qui payaient

les dettes de leurs neveux ; mais c'est dans les comédies... Ces on-
cles-là, ordinairement, reviennent tous de l'Amérique... Eh bien !
le vôtre, c'est tout le contraire.

ADOLPHE.

Comment !

LE BARON.

Il y a six semaines qu'il s'est embarqué pour le Nouveau-Monde,
et s'il ne vous a pas fait part de son voyage, il faut que vous ne
soyez pas bien ensemble.

ADOLPHE.

J'ai reçu devant vous un paquet anonyme, renfermant quatre
mille cinq cents francs. Plus tard encore, on m'a fait remettre de la
même manière quatre mille francs pour mon équipement... D'où
peut alors venir...

LE BARON.

Air : *Vaudeville d'Elle et Lui.*
Je le devine... et d'un ami, la caisse
Va tout réparer.

ADOLPHE.
Entre nous
Qui croyez-vous donc qui m'adresse?..

LE BARON.
C'est une femme !

ADOLPHE.
Y pensez-vous ?

LE BARON.
Assez adroite en fait de billets-doux...
Sans doute quelque douairière
Qui sous le joug d'un tendre sentiment,
Dela reconnaissance, espère
Les intérêts de son argent !

ADOLPHE.

Ah ! Monsieur... arrêtez !.. je serais deshonoré... avili...

SCÈNE IX.

LES MÊMES, MADAME DE SÉRIGNAN.

MADAME DE SÉRIGNAN, *qui a écouté.*

Rassurez-vous, M. de Luçy, cet argent vous est légitimement ac-
quis, et n'est que le fruit de vos économies.

LE BARON, *étonné.*

Ses économies... (*Comiquement à Adolphe.*) Comment, mon cher
ami, vous faites des économies !

MADAME DE SÉRIGNAN, *au baron.*

Oui, Monsieur. (*A Adolphe.*) Un riche négociant sauvé par votre
père d'une faillite inévitable avait imposé à son héritier l'obliga-
tion de partager avec vous toute sa fortune.

LE BARON, *vivement.*

Est-ce que c'est possible ?

MADAME DE SÉRIGNAN, *à Adolphe.*

Il avait nommé un tuteur chargé de vous remettre cent mille écus
le jour où vous auriez vingt-cinq ans...

ADOLPHE.

Justement c'est aujourd'hui.

LE BARON.

Cent mille écus ! c'est superbe... j'en suis stupéfait !

MADAME DE SÉRIGNAN, *au baron.*

Et moi si contente, que je consens à vous épouser.

LE BARON.

Ah ! jeune homme, vous mériteriez d'être colonel.

ADOLPHE.

Quelle est donc cette personne mystérieuse ?..

MADAME DE SÉRIGNAN.

Permettez que je vous la présente.

(Elle remonte la scène et donne la main à Mme de Nanteuil, revêtue des habits de la sœur de Charité qu'elle avait au premier acte. Musique.)

SCÈNE X.

LES MÊMES, MADAME DE NANTEUIL.

ADOLPHE.

Que vois-je ? sœur Marie !

MADAME DE NANTEUIL.

Amis, à la vie, à la mort.

ADOLPHE.

Ainsi, à Bordeaux, en Espagne, Marie ! vous qui pendant ma maladie fûtes mon ange gardien ; qui vous montrâtes mon ami sous le nom d'Amédée ; que j'adorais sous celui d'Hortense, et que chacun désigne encore ici sous un autre nom... quel est celui maintenant qu'il faut que je vous donne ?

MADAME DE NANTEUIL, *lui tendant la main.*

Le vôtre.

(Adolphe se jette à ses pieds, dans ce moment la contredanse recommence dans le fond et la toile baisse sur ce tableau.)

FIN.

LE

ᴾATRIOTISME,

OU

LES VOLONTAIRES

AUX FRONTIERES,

ᴬvertissement en un acte, orné de chants
& de danses.

ᴾaroles de M. MACORS, Membre de
ᵖlusieurs académies.

de M. WALTER

A LYON,

Chez {
FAUCHEUX, Imprimeur-Libraire, grande
rue Merciere, près la rue Tupin.
Dlle. OLLIER, Libraire, rue St. Pierre,
près la place des Terreaux.

1792.

PERSONNAGES.

SAINTFAR, pere, chevalier de St. Louis, ancie
capitaine d'infanterie, ci-devant seigneur, & maintenant maire de l'endroit.

SAINTFAR, fils aîné, commandant des Volontaires.

AUGUSTE, fils cadet. (*Ce rôle peut être rempli
une jeune fille de quatorze à quinze ans.*)

FULVIE ETHMULER, jeune Allemande, détenue
en otage, amante de Saintfar, aîné.

BLAISE, jeune paysan, de l'âge d'Auguste.

ETHMULER, commandant des troupes ennemi

COLAS, personnage niais, jardinier de Saintfar,
pere.

BATAILLON DE VOLONTAIRES.

TROUPE DE TOLPACHES, parmi lesquels deux
François.

VILLAGEOIS ET VILLAGEOISES, chantant & dansant.

*La scene se passe sur le rivage du Rhin, & aux
approches de Lauterbourg, frontiere de France, dépar-
tement du bas-Rhin.*